Edición original: **OQO editora**

© del texto	Pep Bruno 2009
© de las ilustraciones	Matteo Gubellini 2009
© de esta edición	OQO editora 2009
Alemaña 72	36162 Pontevedra
Galicia	ESPAÑA
T +34 986 109 270	F +34 986 109 356
OQO@OQO.es	www.OQO.es
Diseño	Oqomania
Impresión	Tilgráfica
Primera edición	octubre 2009
ISBN	978-84-9871-211-7
DL	PO 581-2009

LA CASA DE MI ABUELA

texto de **Pep Bruno**

ilustraciones de **Matteo Gubellini**

OQO editora

El día de mi cumpleaños
la abuela vino a casa a celebrarlo.

Me había preparado una tarta
pero, al llegar, se dio cuenta
de que la había olvidado
en la despensa de su casa

(a veces, a mi abuela se le olvidan las cosas).

– Tendrás que ir a buscar la tarta -me dijo-.
Ya sabes que soy mayor y me canso mucho.

Mi abuela vivía alejada del pueblo,
en una casa rodeada por un bosque,
en un valle que al atardecer
se llenaba de sombras.

No me gustaba ir cuando ella no estaba
pero, si quería comer tarta
en mi cumpleaños,
no tenía más remedio que hacerlo.

Así que salí del pueblo,
caminé hasta el valle profundo
y entré en el bosque oscuro.

Siguiendo la senda
que serpenteaba
entre los árboles,
llegué a la verja
que rodeaba la casa.

Delante de la casa,
cavando en el jardín,
estaba Francis, el guardés,
que ayudaba a la abuela
en las tareas más duras.

En cuanto me vio dejó la azada
y, señalándome con su enorme mano, dijo:

¡Túúúúúúúúú…!

– ¿Quién? ¿Yo?

– ¡Sí, túúúúúúú!

– ¡Yo no!

-dije asustado.

Y eché a correr.

Entré en casa
y cerré la puerta.

Al ver que Francis
no podía abrir,
respiré aliviado.

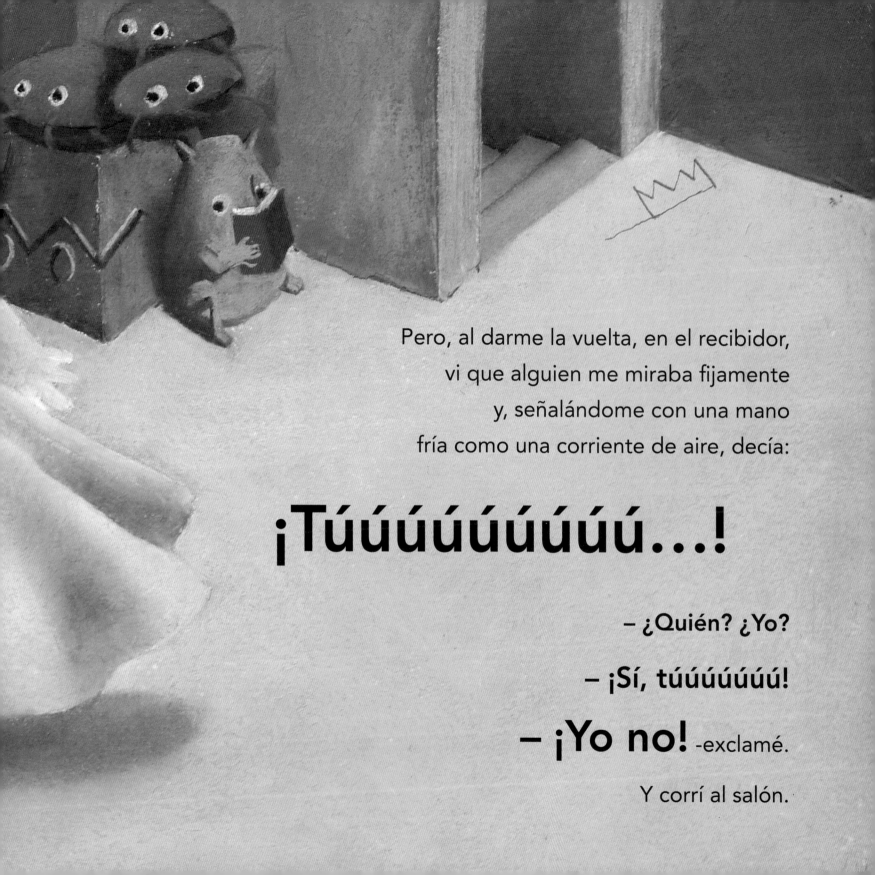

Pero, al darme la vuelta, en el recibidor,
vi que alguien me miraba fijamente
y, señalándome con una mano
fría como una corriente de aire, decía:

¡Túúúúúúúú...!

– ¿Quién? ¿Yo?

– ¡Sí, túúúúúúú!

– **¡Yo no!** -exclamé.

Y corrí al salón.

El salón estaba a oscuras
y, nada más entrar, tropecé con un señor
que dormía en el sofá.

Se despertó sobresaltado, se incorporó
y, señalándome con su pálida mano, dijo:

¡Túúúúúúúú…!

– ¿Quién? ¿Yo?

– ¡Sí, túúúúúúú!

– ¡Yo no! -grité.

Y me fui a la cocina a toda prisa.

Al cerrar la puerta,
sin querer,
le di una patada
a un montón de huesos
que empezaron a bailotear
y, señalándome
con su mano huesuda,
decían:

¡Túúúú

úúú…!

– ¿Quién? ¿Yo?

– ¡Sí, túúúúúúú!

– ¡Yo no!

-exclamé
mientras corría
hacia la despensa.

Pero lo que me esperaba
al otro lado de la puerta de la despensa
era todavía peor…

… porque allí,

tranquilamente tumbado,

estaba Micifú, el gato de la abuela

(si no os parece horroroso,

es que no sois alérgicos a los gatos;

yo no puedo acercarme a ellos

sin tener un ataque de estornudos).

– ¡Micifú,
sal de aquí -grité.

Mientras yo estornudaba sin parar,

el gato salió dando un maullido

que parecía decir:

¡miaúúúúú...!

Busqué la tarta en la despensa
pero no la encontré;
en su lugar había una bandeja
llena de cucarachas, hormigas, arañas…
Se habían dado un festín a mi costa.

¡Tanto trabajo para nada!
¡Y aún tenía que volver a mi casa!

Antes de salir tomé aire, conté hasta tres,
y abrí la puerta para escapar corriendo.

Fue inútil: me estaban esperando.

Me encontré rodeado

¡y no había escapatoria!

Me señalaban y decían:

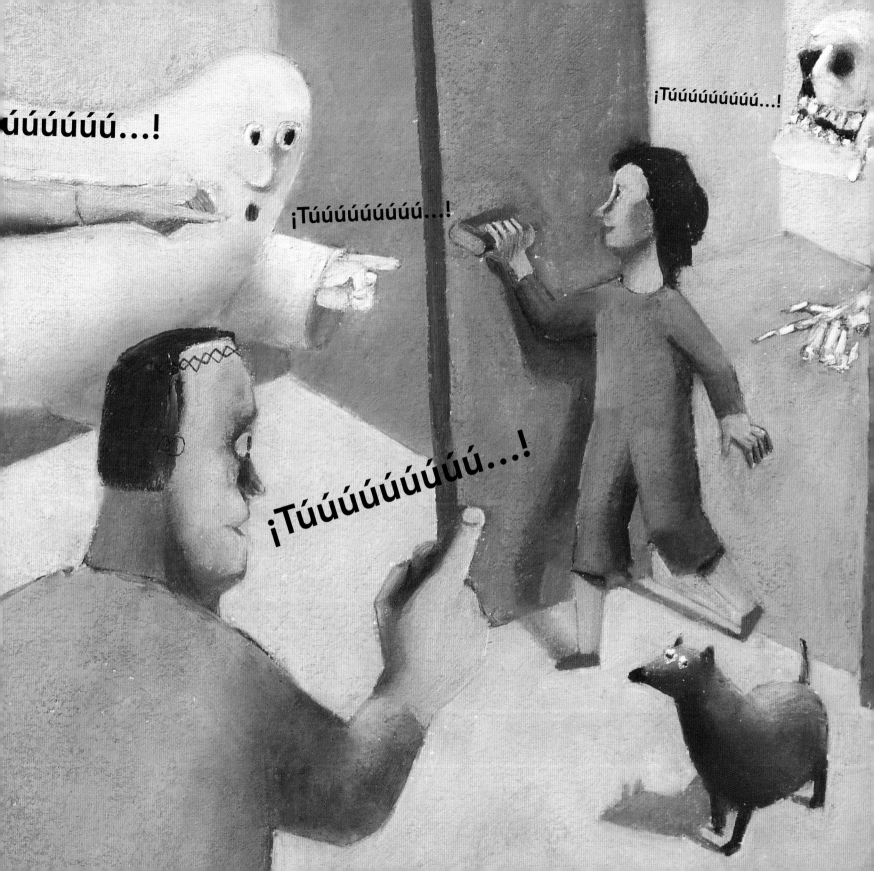

Resignado pregunté:

– ¿Yo, qué?

Entonces Francis dijo:

– ¡Tú!
  ¿No es hoy tu cumpleaños?

Asentí sorprendido y, de pronto,
todos se pusieron a cantar:

¡CUMPLEAAAAAÑOS FEEEEELIZ…!

Emocionado, les conté que había ido a por la tarta de la abuela,
pero que no quedaban ni las migas.

Entonces Francis dijo:

– ¡Ah, la tarta!
  Le he dicho a tu abuela
  que no deje nada en la despensa,
  pero ya sabes que, a veces,
  se le olvidan las cosas.
  Por eso, en cuanto se ha marchado,
  la he guardado en otro sitio.

Francis fue al despacho de la abuela y...

¡allí estaba la tarta!

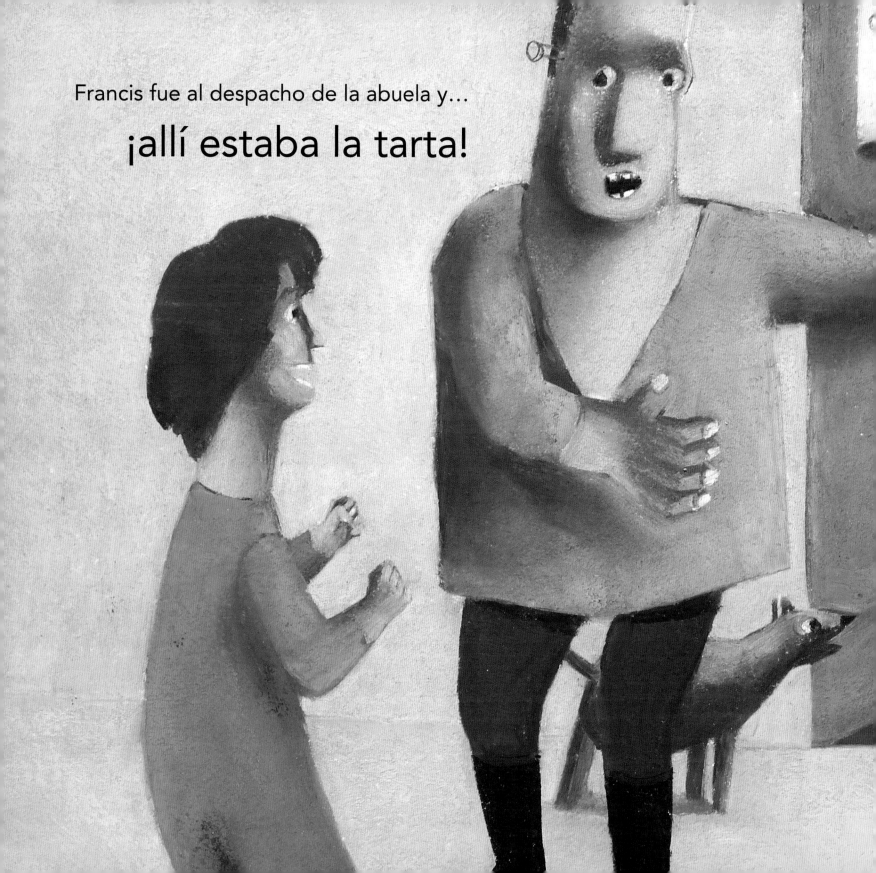

Muy contento, me despedí de todos y volví a mi casa.

La abuela se alegró mucho
al verme regresar con la tarta.

¡Estaba deliciosa!

No sobró ni un trocito.

Si la hubieras probado te habría encantado,
aunque siempre puedes ir a casa de mi abuela
a que te invite.

Ya sabes: sal del pueblo,
toma el camino hasta el valle profundo,
entra en el bosque oscuro
y busca una pequeña casa solitaria
rodeada por una verja…

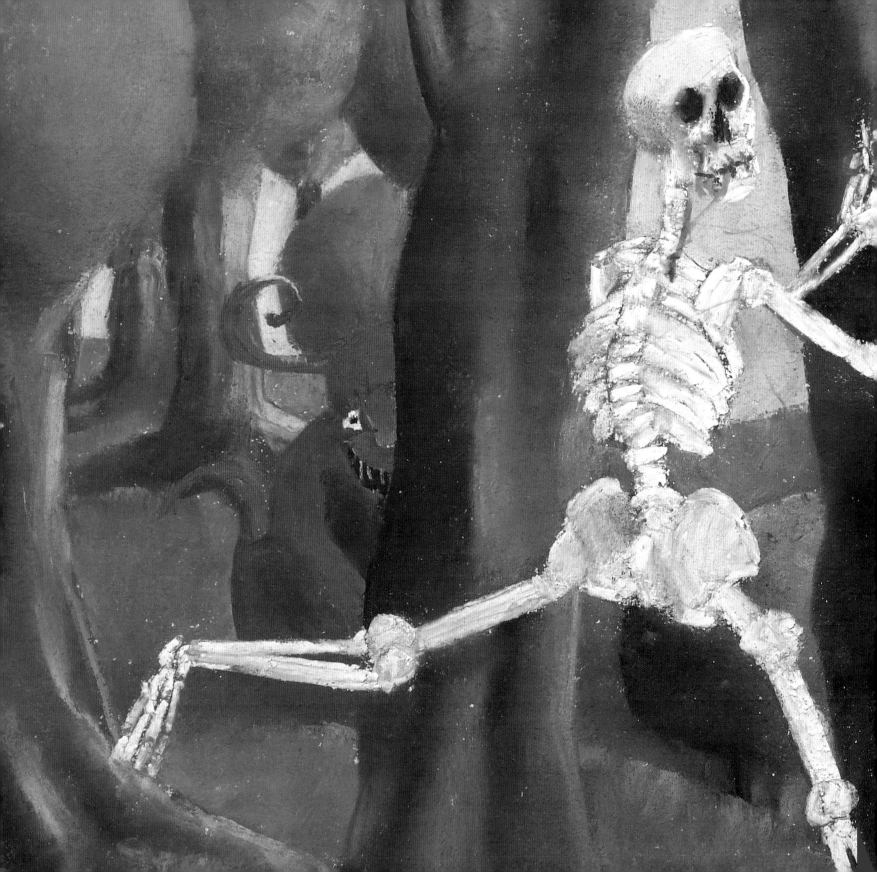

… ¡Si te atreves, claro!